狗狗明星

寵 物 攝 影

收費低廉，創造無價的回憶

攝 影 預 約 單

到場時間：9 am

明星#1：豬豬〈巴戈狗〉

明星#2：崔崔〈臘腸狗〉

豬豬

豬豬

獻給'99年的那群可愛卡司們。
我真的很抱歉……

文、圖／艾倫·布雷比
譯／黃筱茵
主編／胡琇雅
美術編輯／蘇怡方
董事長／趙政岷
第五編輯部總監／梁芳春
出版者／時報文化出版企業股份有限公司
108019台北市和平西路三段240號七樓
發行專線／（02）2306-6842
讀者服務專線／0800-231-705、（02）2304-7103
讀者服務傳真／（02）2304-6858
郵撥／1934-4724時報文化出版公司
信箱／10899　臺北華江橋郵局第99信箱
統一編號／01405937
copyright © 2020 by China Times Publishing Company
時報悅讀網／www.readingtimes.com.tw
電子郵件信箱／ctliving@readingtimes.com.tw
法律顧問／理律法律事務所 陳長文律師、李念祖律師
Printed in Taiwan
初版一刷／2020年01月10日
初版三刷／2022年07月28日
版權所有 翻印必究（若有破損，請寄回更換）
採環保大豆油墨印製

豬豬  大明星

文/圖

艾倫·布雷比 Aaron Blabey

譯

黃筱茵

巴戈狗豬豬，
我不得不說，
就是喜歡人家看，
整天都很愛現。

他會大喊「看看我！
我最棒！
我是大明星！」

誰ㄕㄟ知ㄓ道ㄉㄠ就ㄐㄧㄡ是ㄕ有ㄧㄡ這ㄓㄜ麼ㄇㄜ一ㄧ天ㄊㄧㄢ，
豬ㄓㄨ豬ㄓㄨ實ㄕ在ㄗㄞ太ㄊㄞ超ㄔㄠ過ㄍㄨㄛ……

大明星

道具箱

沒錯，豬豬和崔崔
有一場盛大的拍攝會。

他‍们‍穿‍上‍小‍戏‍服‍，
看‍起‍来‍实‍在‍好‍可‍爱‍。

「這太好玩了吧？」
崔崔開心得咯咯笑。

搖滾樂之王

可是豬豬直接擠過他身邊
並且大吼：

「看看我！」

搖滾樂之王

「 我ㄨㄛˇ很ㄏㄣˇ美ㄇㄟˇ吧ㄅㄚ？

我ㄨㄛˇ很ㄏㄣˇ聖ㄕㄥˋ潔ㄐㄧㄝˊ吧ㄅㄚ？

小臘腸，你給我退下！
這些戲服是 我的！」

對呀，
豬豬拍照時酷斃了。

他在每個場景
都要搶鏡頭。

他低聲對崔崔說：
「我很紅，你很遜。」

在ㄗㄞˋ燈ㄉㄥ光ㄍㄨㄤ下ㄒㄧㄚˋ
相ㄒㄧㄤ機ㄐㄧ只ㄓˇ要ㄧㄠˋ喀ㄎㄚˋ嚓ㄔㄚˋ，
豬ㄓㄨ豬ㄓㄨ就ㄐㄧㄡˋ感ㄍㄢˇ覺ㄐㄩㄝˊ自ㄗˋ己ㄐㄧˇ
像ㄒㄧㄤˋ是ㄕˋ搖ㄧㄠˊ滾ㄍㄨㄣˇ巨ㄐㄩˋ星ㄒㄧㄥ……

……他開始唱起饒舌歌——

「喲！
我是大明星，
大夥兒！

耶，狗兒——

我最跳！

現在，
快給我甜甜圈，
你這個香腸形狀
的討厭鬼！」

可是，這時候發生了一件事，
改變了所有的拍攝。
拿著相機的男人說⋯⋯

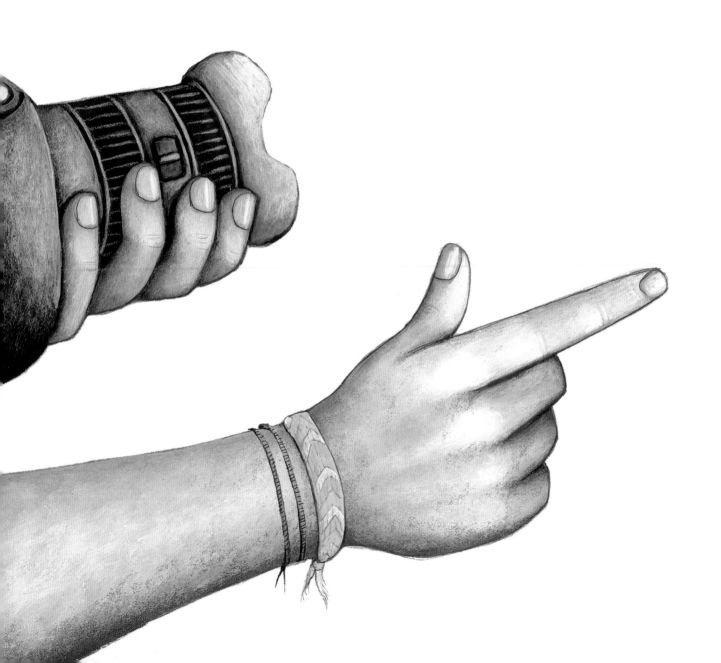

「　那ㄋㄚˋ隻ㄓ狗ㄍㄡˇ狗ㄍㄡˇ好ㄏㄠˇ可ㄎㄜˇ愛ㄞˋ喲ㄧㄛ！　」

「哇，
崔崔是大明星！」
攝影師說。

豬豬簡直不敢相信！

他‍氣‍炸‍了‍。

他发出尖叫：

「我才是
大明星！」

然后就把崔崔打趴！

可ㄎㄜˇ是ㄕˋ崔ㄘㄨㄟ崔ㄘㄨㄟ撞ㄓㄨㄤˋ到ㄉㄠˋ他ㄊㄚ 的ㄉㄜ 火ㄏㄨㄛˇ箭ㄐㄧㄢˋ……

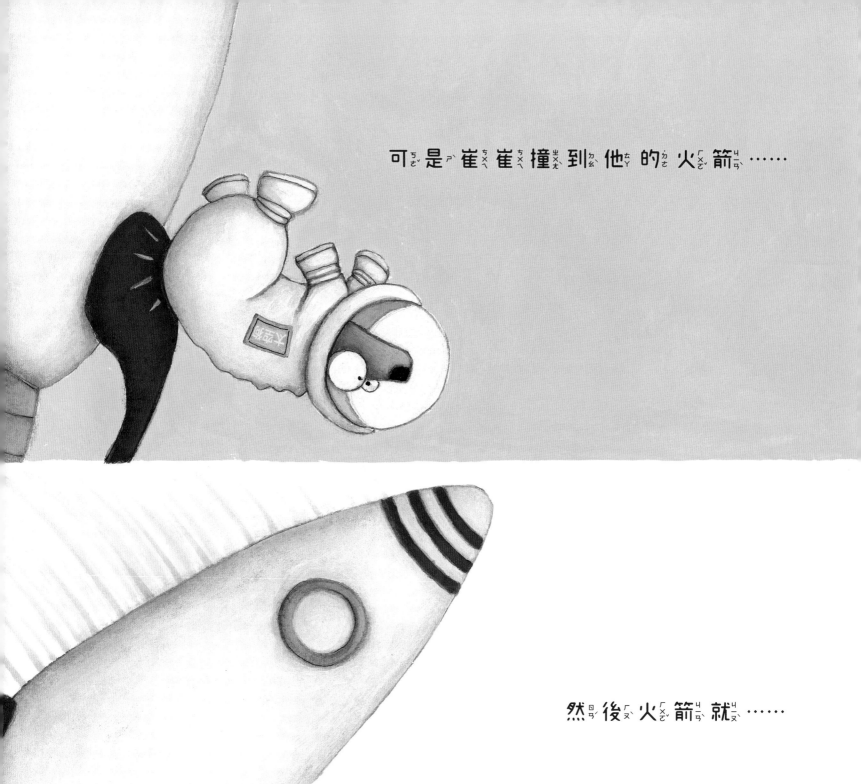

然ㄖㄢˊ後ㄏㄡˋ火ㄏㄨㄛˇ箭ㄐㄧㄢˋ就ㄐㄧㄡˋ……

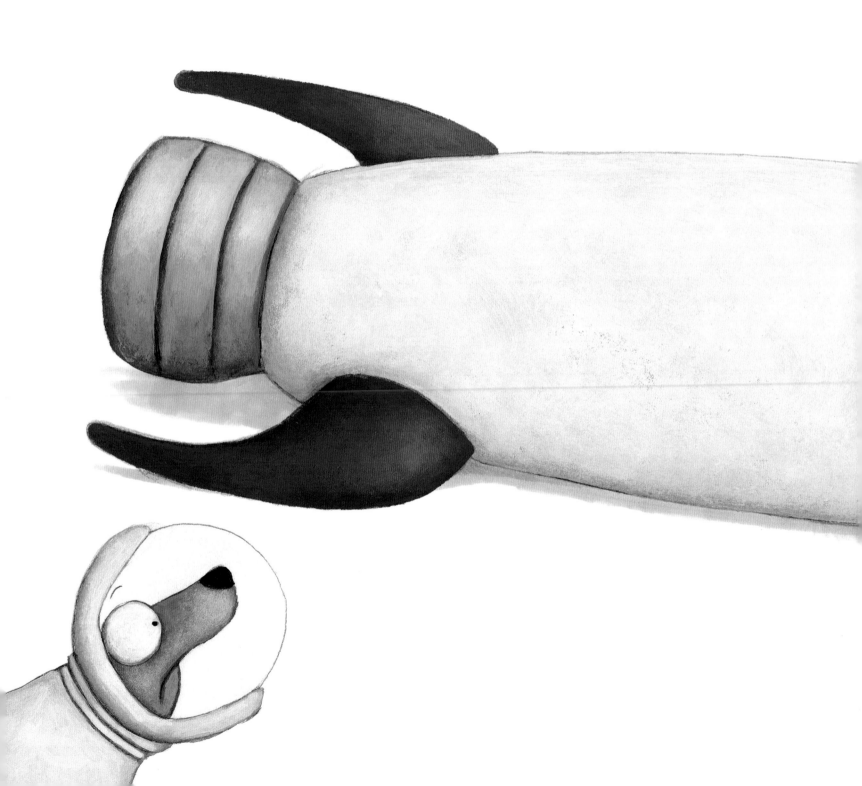

……啪答 一聲倒在地上！

現在日子變得不同，
我很開心的說。
豬豬嚇人的滑稽動作，
全都消失得無影無蹤。

他ㄊㄚ不ㄅㄨ再ㄗㄞ那ㄋㄚ麼ㄇㄜ愛ㄞ現ㄒㄧㄢ，
也ㄧㄝ不ㄅㄨ像ㄒㄧㄤ以ㄧ前ㄑㄧㄢ那ㄋㄚ麼ㄇㄜ討ㄊㄠ人ㄖㄣ厭ㄧㄢ。
而ㄦ且ㄑㄧㄝ， 雖ㄙㄨㄟ然ㄖㄢ這ㄓㄜ樣ㄧㄤ讓ㄖㄤ他ㄊㄚ很ㄏㄣ生ㄕㄥ氣ㄑㄧ……

他讓崔崔大放光芒。